BASTEI LÜBBE

Tim Burton's
The Nightmare Before Christmas

Ein Roman von Daphne Skinner
Nach dem Kinofilm von Touchstone Pictures
Nach einer Geschichte und den Charakteren von Tim Burton
Bearbeitung: Michael McDowell
Drehbuch: Caroline Thompson
Produktion: Tim Burton und Denise Di Novi
Regie: Henry Selick

Ins Deutsche übertragen von Michael Schönenbröcher

BASTEI
LÜBBE

BASTEI-LÜBBE-TASCHENBUCH
Band 13 686

Erste Auflage:
Dezember 1994

Originally published
in the United States
by Hyperion Books for Children

Deutsche Lizenzausgabe 1994
Bastei-Verlag
Gustav H. Lübbe GmbH & Co.,
Bergisch Gladbach
Originaltitel:
The Nightmare Before Christmas
Titelbild:
Buena Vista International GmbH
Umschlaggestaltung:
Quadro Grafik, Bensberg
Satz: Fotosatz Steckstor,
Bensberg
Druck und Verarbeitung:
Brodard & Taupin,
La Flèche, Frankreich
Printed in France

ISBN 3-404-13686-1

Der Preis dieses Bandes
versteht sich einschließlich der
gesetzlichen Mehrwertsteuer.

ERSTES • KAPITEL

Unter der großen orangefarbenen Scheibe des Mondes, an einem Ort, Halloweenland genannt, herrschte geschäftiges Treiben bei den Kreaturen der Nacht. Grinsende Kürbisköpfe tanzten auf dem Totenacker. Werwölfe heulten. Leichen, Vampire und Hexen vereinigten ihre Stimmen zu einem ghoulischen Freudenchor. Denn heute war die Nacht der Nächte – Halloween.

Und es würde eine herrliche Nacht werden, dessen war sich ein jeder sicher, als sie hinunter ins Zentrum des Dorfes strömten. Ebenso wie sie wußten, daß solch eine Nacht nicht ohne die Hilfe ihres Anführers möglich gewesen wäre, des Königs von Halloween, Jack Geripper.

Ausgelassener Jubel brandete auf, als Jack auf den Dorfplatz schritt.

»Du bist ein Mordskerl, Jack!« rief ein Vampir bewundernd.

»Er ist zum Fürchten!« rief ein Werwolf und schüttelte sich.

»Du bist der Liebestraum einer jeden Hexe!« schnatterten zwei von Halloweenlands knorrigsten Hutzelweibern.

Erneut kam Jubel auf, als der Bürgermeister Jack auf die klapprige Schulter klopfte.

»Danke, Jack!« dröhnte der Bürgermeister. »Das alles verdanken wir dir. Denn ohne deine Führung –«

Jack unterbrach ihn. »Keineswegs, Bürgermeister«, sagte er mit einer Spur von Unwillen – oder war es etwas anderes? – in seiner Stimme. Doch der Bürgermeister schien nicht zu bemerken, daß irgend etwas nicht so war, wie es sein sollte. Der Politiker war viel zu erpicht darauf, die Aufmerksamkeit der Menge auf das zu konzentrieren, was er für das Wichtigste hielt, seine Person.

»Und nun ist es mir ein Vergnügen, die wundervollen Gewinne zu vergeben«, kündigte er an. »Unser erster Preis geht an die Vampire, für die größte Blutmenge, die an einem einzigen Abend gesaugt wurde. Gratulation, ihr Fangzahnigen!« dröhnte er, als die Zuhörerschaft applaudierte.

»Der zweite Preis«, fuhr er fort, »geht

an die Blutegel der Schwarzen Lagune, die ebenfalls einen guten Tropfen zu schätzen wissen ...«

Die Menge jubelte wieder, und Jack nutzte die Gelegenheit, sich zu verdrücken. Es war seltsam, aber all der Applaus machte ihn ganz elend. Er mußte zu einem Ort, der ihn aufheiterte. Er schlug die Richtung zum Friedhof ein.

Er war so in sich versunken, daß er gar nicht bemerkte, daß die zerbrechliche, melancholische Gestalt von Sally der Lumpenpuppe ihn beobachtete.

Auch Sally war traurig, und das aus gutem Grund. Sie war vom offiziellen Teuflischen Wissenschaftler des Dorfes erschaffen worden. So oft sie auch versuchte – und sie hatte es schon viele Male versucht –, seiner Obhut zu entfliehen, es gelang ihr nicht. Obgleich er an einen Rollstuhl gefesselt war, wachte er argwöhnisch über sie.

Sally seufzte und lehnte sich gegen einen Grabstein. Auch heute nacht hatte sie zu entkommen versucht, doch einmal mehr hatte der Teuflische Wissenschaftler sie zurückgehalten. Nun, zumindest teilweise. In ihrem Ringen hatte sich Sally einen ihrer angenähten Arme abgerissen, bevor sie fort- und hierher zum Friedhof gerannt war.

Ein Arm ist ein geringer Preis für die Freiheit, dachte Sally, vor allem, da sie eine ausgezeichnete Näherin war und sich selbst wieder zusammenflicken konnte. Sie *mußte* endlich von dem Teuflischen Wissenschaftler loskommen. Aber wie?

Ihre unglücklichen Gedanken wurden gestört, als sie Jack Geripper langsam herantrotten sah, seine knochigen

Schultern gebeugt und den Totenschädel tief herabhängend. Sally traute ihren Augen nicht. Jack sah beinahe ... traurig aus. Doch worüber nur könnte er traurig sein? Er war der Stolz von Halloweenland!

Sie sollte es bald herausfinden. Jacks knöcherne Füße trugen ihn so nah an ihr vorbei, daß sie jedes Wort hören konnte, das er von sich gab. Zu Sallys Erstaunen waren es Worte des Kummers und der Müdigkeit, der Langeweile und Frustration.

»Jahr für Jahr derselbe Trott«, sagte er zu seinem kleinen Geisterhund Zero, der mit seiner glühenden Kürbiskopfnase neben ihm herschwebte »Schrecken. Entsetzen. Würgen und Stöhnen. Ich habe die Tapfersten der Tapferen erschreckt. Aber ich bin den Lärm der Schreie so leid, Zero. Sie lassen mich kalt. Ich weiß nicht, warum ich mich noch damit abgeben soll.«

Jack seufzte schwer. »Es macht mich krank und müde, jedermann zu erschrecken. Ich möchte einmal etwas ... anderes tun. Was ist nur mit mir los, Zero? Was?«

Sallys Lumpenpuppenherz schmolz dahin. Jack litt genau wie sie selbst. Sie erhob sich und hätte ihn am liebsten in den Arm genommen.

»Ich weiß, wie du dich fühlst«, wisperte sie und hoffte, daß er sie hörte.

Aber es war zu spät. Verloren in seinem Kummer war Jack schon weitergegangen.

Eine Träne rollte über Sallys Gesicht. So gut sie es mit nur einem Arm vermochte, begann sie, einen Blumenstrauß für den Teuflischen Wissenschaftler zu pflücken – ein Büschel tödlicher Nachtschattengewächse. Daraus konnte sie einen starken Schlaftrunk bereiten. Vielleicht würde sie dann entkommen können.

ZWEITES • KAPITEL

Am nächsten Tag herrschte in Halloweenland ein perfektes Wetter. Der Himmel war dunkel und trüb, und ein schauderhaft kalter Wind fegte unermüdlich über das Dorf. Natürlich nahmen die meisten Bewohner von Halloweenland davon keine Notiz. Tagsüber schliefen sie. Die Nacht war ihre Zeit.

Der Bürgermeister dagegen war hellwach. Er hatte wichtige Dinge zu erledigen. Zu einer Stunde, wo alle guten Hexen und Werwölfe böse Träume träumten, durcheilte er die Stadt in seinem Leichenwagen. Nur ein einziger Gedanke spukte in seinem Kopf – der Plan für das nächstjährige Halloween. Und dafür brauchte er Jack.

Bei Jacks Turm stieg der Bürgermeister aus seinem Leichenwagen, die Arme beladen mit Blaupausen, Listen und Entwürfen. Er zog einmal an Jacks Glockenschnur, dann ein halbes dutzendmal, doch nichts geschah.

»Jack!« rief er »Ich habe die Pläne für das nächste Halloweenfest! Ich will sie mit dir durchgehen, Jack, bevor wir damit anfangen!«

Stille.

»Jack, bitte!« rief er, eine Spur von schleichender Verzweiflung in der Stimme. »Ich bin doch nur ein gewählter Staatsdiener. Ich kann keine eigenmächtigen Entscheidungen treffen. Ich brauche dich, Jack!«

Noch mehr Stille.

Der Bürgermeister begann ärgerlich zu werden. Wie die meisten Politiker war er eine zweigesichtige Kreatur. Abhängig von seiner Laune konnte sein Gesicht im einen Moment lächeln und im nächsten schon grimmig dreinschauen. In diesem Augenblick *sah* er grimmig drein, und er rief mit seiner besten Kommando-Stimme: »Jack! Antworte mir!«

Doch er erzielte auch damit kein Ergebnis. Als dem Bürgermeister allmählich dämmerte, daß Jack gar nicht zu Hause war, quoll ein Schwarm von Sorgen in sein vielbeschäftigtes Hirn. Wo war Jack?

Die überraschende Wahrheit war, daß Jack selbst nicht wußte, wo er war. Sein trauriges Herumirren hatte ihn weit von Halloweenland fortgeführt, meilenweit weg von allem Vertrauten, in einen tiefen, dunklen Wald. Doch seine Schwermut war so überwältigend, daß er seiner Umgebung keine Aufmerksamkeit widmete.

Erst als ihn Zero unwillig anbellte, verhielt Jack im Schritt. Er sah sich verwirrt um, als würde er aus einem Traum erwachen.

»Zero! Wo sind wir?« fragte er. Der kleine Hund winselte. Auch er hatte sich verirrt. Ein leichter Wind seufzte zwischen den Bäumen.

Jack sah, daß er auf einer Lichtung stand, beschienen vom Licht der verblassenden Sterne. So gewaltige Bäume wie rings um ihn herum hatte er noch nie gesehen. Pforten waren in ihre Stämme eingelassen. Und in diese Pforten waren mysteriöse Symbole geschnitzt. Nie hatte Jack etwas Seltsameres gesehen.

»Was *ist* das?« murmelte er Zero zu, als er einen Baum nach dem anderen untersuchte. Eine der Türen trug als Zeichen ein Ei, das mit Streifen und Blumen dekoriert war. Eine andere wies als Schnitzerei ein großes Herz auf. In die dritte war ein vierblättriges Kleeblatt eingeritzt.

Doch die Pforte, die Jack am meisten faszinierte, trug einen Baum auf ihrem Stamm – ein Baum, behangen mit Ornamenten und gekrönt mit einem Stern. Er trat näher heran.

Die Pforte klapperte in ihren Scharnieren, als würde sie ihn einladen, sie zu öffnen.

Jack zog die Tür auf. Für einen Augenblick war da nur Stille. Dann legte sich ein kühler Windstoß wie eine riesige, eisige Hand um Jack und zog ihn hinein. Er schrie vor Schrecken, doch nur Zero hörte ihn.

Dann schmetterte die Tür zu, und nicht einmal Zero konnte ihm mehr helfen.

DRITTES • KAPITEL

Jacks Knochen klapperten. Er fand sich auf etwas Kaltem liegend wieder, das auf seltsame Weise weich und tröstlich wirkte. Seine Augen öffneten sich. Als erstes sah er den nächtlichen Himmel, gesprenkelt mit Sternen. Dann sah er . . . Weiß. Es war überall, bedeckte den Boden, die Bäume und die Häuser mit seinem sanften Schimmer.

Jack hob eine Handvoll davon auf.

Es fühlte sich kalt und flockig an, und es ließ sich mühelos zu einem Ball formen. Was ist das? fragte er sich, warf den Ball hoch in die Luft und beobachtete, wie er in der Nähe mit einem leisen, satten Ton landete. Was immer das war, es gefiel ihm! Jack sprang auf die Füße. Mit einem Male fühlte er sich leicht wie eine Wolke. Er konnte es nicht erwarten, alles zu erforschen.

Diese Stadt, das merkte er sehr schnell, war ganz anders als Halloweenland. Die Leute sangen auf den Straßen. Kinder bewarfen sich mit Bällen aus diesem weißen Zeug und lachten.

Die Bäume waren bedeckt mit glänzendem Schmuck und von Sternen gekrönt. Und im Inneren der behaglichen kleinen Häuser saßen die Menschen beisammen, redeten, lasen, sangen –

und sie umarmten und küßten sich! Jack ging weiter, verzaubert von allem um ihn her.

Es fiel ihm schon bald auf: Er hatte bislang keinen einzigen Schrei gehört, nur Lachen und süße Musik. Die Düfte, die durch die klare Nachtluft heranwehten, rochen köstlich – nach Kuchen und Pastete, nicht nach Sumpfgas, Rauch und Hexengebräu. Und die Kinder, die Jack sah, als er von Haus zu Haus ging und in die Fenster schaute, schliefen allesamt friedlich, unbehelligt von Alpträumen. Sie waren glücklich. Jedermann hier war glücklich!

Jack konnte ein Lächeln nicht unterdrücken. Auch er war glücklich. Erstaunlich! Was ist das nur? fragte er sich. Und dann sah er das Schild:

WEIHNACHTSSTADT

»Weihnachtsstadt?« murmelte Jack gedankenverloren. »Hmmm . . .«

In Halloweenland lächelte zur gleichen Zeit niemand. Im Gegenteil. Man warf sich finstere Blicke zu, man murrte und man jammerte, denn Jack wurde noch immer vermißt. Diese Tatsache gab jedermann Anlaß zu einer Menge Sorgen.

»Wir müssen Jack finden!« teilte der Bürgermeister der Menge mit, die sich auf dem Dorfplatz versammelt hatte. »Es sind nur noch dreihundertfünfundsechzig Tage bis zum nächsten Halloween!«

»Dreihundertvierundsechzig!« heulte ein besonders besorgter Werwolf.

»Gibt es irgendeinen Ort, den wir vergessen haben?« fragte der Bürgermeister. »Denkt nach. Sagt's mir!«

»Ich habe in den Gruften gesucht«, sagte ein Vampir.

»Wir haben die Gräber geöffnet«, meldeten sich die Hexen.

»Ich habe den Friedhof durchkämmt«, sagte der Werwolf. »Aber dort war er nicht.«

Die Sorgen wuchsen an. Die Stimmung verfinsterte sich weiter. Wo war Jack?

»Es wird Zeit, den Alarm auszulösen«, sagte der Bürgermeister.

Der wimmernde Schrei einer Katze war das Zeichen für Alarm im Dorf. Der ferne Ton erreichte Sallys Ohren, als sie gerade dabei war, ein ganz besonderes Gebräu aufzukochen. Ihre eigene Bezeichnung dafür war Schlaftrunk-Suppe, doch wenn sie es dem Teuflischen

Wissenschaftler servierte, würde sie es einfach Mittagessen nennen. Die Brühe war voll mit tödlichen Nachtschattengewächsen, und wenn der Doktor sie trank, würde er für eine Woche schlafen.

Wäre das nicht herrlich, dachte Sally, als sie eine dampfende Schüssel des Gebräus vor den Doktor hinstellte. Dann kann ich endlich von hier weg.

»Greifen Sie zu«, drängte sie. Der Doktor beschnupperte die Suppe hungrig, aber dann ließ er den Löffel sinken.

»Froschatem«, knurrte er.

»Was ist denn?« fragte Sally unschuldig. »Ich dachte, Sie mögen Froschatem.« Doch tief in ihrem Innern sank ihr der Mut. Sie hatte Froschatem benutzt, um den Geruch der Nachtschattengewächse zu kaschieren. Hatte sie zuviel davon genommen?

»Nichts ist verdächtiger als eine Suppe mit Froschatem«, entgegnete der Doktor. Er tauchte seinen Löffel in die Brühe und hielt ihn dann Sally hin. »Bevor du sie nicht gekostet hast«, sagte er zu ihr, »werde ich nicht einen Löffel davon essen.«

Sally schlug ihm den Löffel aus der Hand und kicherte nervös. »Ich bin nicht hungrig«, sagte sie.

Der Doktor fixierte sie mit seinem bösesten Blick. »Du willst mich wohl verhungern lassen, was? Ich bin schwach. Ich bin alt. Und du verdankst mir dein ganzes Leben!«

»Oh, seien Sie nicht albern«, entgegnete Sally. Sie bückte sich, als wollte sie den Löffel aufheben, griff aber in ihren Strumpf und zog statt dessen einen eingekerbten Löffel hervor. Den tauchte sie in die Suppe.

Es klappte! Dank der Kerbe im Löffel floß die Suppe zurück in die Schüssel, ohne daß der Doktor es bemerkte. Sally atmete in großer Erleichterung auf, als er die Schüssel zu sich heranzog und hungrig zu essen begann.

»Nun?« fragte sie, als er die Suppe gierig herunterschlang. »Ist sie nicht köstlich?« Ein hoffnungsvolles Lächeln kroch über ihr Lumpenpuppengesicht.

Bald, dachte sie. Bald bin ich frei.

VIERTES • KAPITEL

Derweil war auf dem Dorfplatz die Hoffnung so rar wie Fledermausfedern. Verzweiflung dagegen war reichlich vorhanden. Der Bürgermeister, der völlig aufgelöst auf seinem Leichenwagen hockte, besaß mehr als genug davon. Als die Abenddämmerung heraufzog, hob er seinen verzweifelten Blick gegen den sich rasch verfinsternden Himmel. Wo war Jack nur geblieben?

Niemand wußte es.

Dann, gerade als die knorrige Sichel des Mondes am Firmament erschien, klang in der Ferne Hundegebell auf, gefolgt von einem seltsam rumpelnden Geräusch – ein Ton, der allmählich lauter und lauter wurde.

»Zero ...? Jack ...?«

Der Bürgermeister wagte kaum, die Worte zu laut auszusprechen. Er setzte sich auf. Bewegung kam in die Menge.

Das Geräusch wurde zu einem dumpfen Dröhnen. Jack bog auf den Dorfplatz ein – am Steuer eines schicken roten Schneemobils aus der Weihnachtsstadt. Zero folgte ihm mit glühender Nase und aufgeregtem Bellen.

Ein verhaltener Hochruf erhob sich über den Platz. Der Bürgermeister, hin- und hergerissen zwischen Erleichterung und Ärger, fauchte Jack an: »Wo warst du nur? Wir waren krank vor Sorge!«

»Berufr eine Dorfversammlung ein, und ich werde dir alles erzählen!«

Als sich die Dorfhalle einige Stunden später bis zum letzten Platz gefüllt hatte, lächelte Jack noch immer. Er hatte große Neuigkeiten zu berichten, und jedermann schien ein bißchen irritiert, aber dennoch begierig zu sein, mehr über Jacks Erlebnis zu erfahren.

Sally, die eben den Teuflischen Wissenschaftler eingeschläfert hatte, wurde mit der Menge nach vorne gedrückt. Als Jack auf das Podium trat, ging ein interessiertes und aufgeregtes Murmeln durch den Saal. Doch als Jack versuchte, Weihnachtsstadt zu erklären, wurde das Interesse zu Verwirrung.

Weihnachtsstadt? Was sollte das sein?

»Es ist eine Welt, wie ich noch keine gesehen habe«, sagte Jack. »Ich ... ich kann sie nicht beschreiben, aber sie war kein Traum – sie ist so wirklich wie mein Knochenschädel!«

Die Menge schaute verblüfft drein. Doch Jack hatte sich vorbereitet. Neben ihm stand ein Tisch, auf dem Weihnachtsgeschenke hoch aufgetürmt lagen.

»Hier, schaut her«, fuhr er fort und hob eine mit buntem Geschenkpapier umwickelte Schachtel hoch. »Das hier wird Geschenk genannt. Als erstes braucht man dafür eine solche ...«

»Eine Seuche?« unterbrach ihn ein Dämon. »Wie köstlich, eine Seuche!«

»Nein!« rief Jack, dessen Lächeln langsam entgleiste. »Eine *solche*

Schachtel, mit farbigem Papier und einer Schleife.«

»Eine Schleife?« warf eine Hexe ein. »Aber wofür?«

»Wie überaus häßlich!« sagte eine andere Hexe. »Was ist denn drin?«

»Der Sinn der Sache ist, daß man das nicht wissen darf«, antwortete Jack.

Nicht wissen darf? Worüber redete Jack überhaupt? Verwirrung breitete sich über der Menge aus wie Nebel über einem Sumpf. Jack versuchte es mit etwas anderem. Er hielt einen großen roten Gabenstrumpf hoch.

»In Weihnachtsstadt«, begann er, »hängen solche übergroßen Socken am Kaminsims . . .«

»Steckt noch ein Fuß drin?« unterbrach ihn jemand. »Laß mich sehen!«

»Nein, laß *mich* sehen!« rief ein anderer. »Ist er verrottet und verdreckt?«

Die letzte Spur von Lächeln verschwand aus Jacks Gesicht, und seine Enttäuschung wurde dahinter sichtbar. »Da ist kein Fuß drin«, erklärte er der Menge so gefaßt wie möglich, »sondern Süßigkeiten, oder manchmal auch kleines Spielzeug.«

»Kleines Spielzeug?«

»Beißt es denn?«

»Oder schnappt es?«

»Erschreckt es kleine Mädchen und Jungen?«

Jack sah ein, daß er auf verlorenem Posten stand. Dieser Haufen würde niemals die Weihnachtsbotschaft begreifen. Also gebe ich ihnen eben, was sie wollen, beschloß er. Erschreckendes, gruseliges halloween-typisches Zeugs. Er beugte sich vor, als wolle er ein dunkles Geheimnis offenbaren.

»Das Beste habe ich mir für den

Schluß aufgehoben«, sagte er. »Der Führer von Weihnachtsstadt ist ein furchterregender König mit einer tiefen, mächtigen Stimme. Und in den dunkelsten Nächten fliegt er hoch in die Luft, um am Himmel seine schrecklichen Runden zu drehen!«

Als sie das hörten, wurden die An- und Verwesenden sehr still.

»Er ist gewaltig und rot, wie ein gigantischer Hummer«, fuhr Jack fort. »Sie nennen ihn ... Niko Graus!« Seine Worte brachten Schrecken über die Zuhörer.

Als sie in aufgeregtes Gemurmel ausbrachen, sammelte Jack gemächlich seine Weihnachts-Souvenirs ein. Die Zusammenkunft war nicht ganz so verlaufen, wie er es sich erhofft hatte. Alle waren erregt, doch niemand hatte wirklich verstanden, warum Weihnachtsstadt so besonders war. Würde er es ihnen jemals klarmachen können?

Jack seufzte und wandte sich heimwärts. Er wußte es nicht.

FÜNFTES • KAPITEL

Doch nachdem er eine Nacht in seinem Turm verbracht hatte, umgeben von all seinen Weihnachtsgaben – den Schneekugeln, den Zuckerstangen, den Mistelzweigen –, war Jack entschlossen, es noch einmal zu versuchen. Aber diesmal anders. Methodisch. Wissenschaftlich. Er schnippte mit seinen Knochenfingern.

»Das ist es!« rief er »Ich werde eine Reihe von Experimenten durchführen und den Geist der Weihnacht isolieren – streng wissenschaftlich! Was für ein Geistesblitz, Jack!«

Nach einem kurzen Besuch im Haus des gerade wiedererwachenden Teuflischen Wissenschaftlers, wo er sich einige Gerätschaften borgte, ging Jack an die Arbeit.

Zuerst richtete er unter dem Dach des Turmes ein Labor ein, komplett mit Mikroskop, Zentrifuge, Teströhrchen, Petrischalen und Reagenzflaschen. Dann begann er verschiedene Objekte nach dem Geist der Weihnacht zu durchleuchten.

Er begann mit einem Mistelzweig. Kein Glück. Dann versuchte er es mit Zuckerstange und Teddybär. Immer noch kein Glück. Sein Blick fiel auf einen Berg von Weihnachtsschmuck: Kugeln, Engel, Glitzerstern.

»Hmmm«, murmelte er. »Es ist einen Versuch wert.« Er zerstampfte den Stern und füllte den Staub in eine der bauchigen Reagenzflaschen. Zuerst geschah nichts. Dann begann es zu glühen und zu pulsieren und den Raum mit einem wundervollen grünlich-sanften Schimmer zu erhellen. Was war das? Was bedeutete es? Jack wußte es nicht.

Nicht weit entfernt beobachtete jemand das pulsierende grüne Licht. Während Jack in seinem Turmzimmer stand, gebannt von diesem unirdischen Schimmer, verfolgte Sally, die Lumpenpuppe, das Geschehen von ihrem Fenster aus, hoch oben in ihrem Zimmer, in das der Teuflische Wissenschaftler sie gesperrt hatte.

Mehr denn je wünschte sich Sally, der Gewalt des Doktors zu entfliehen. Doch zum ersten Mal in ihrem einsamen Lumpenpuppenleben wünschte sie sich, jemanden zu haben, zu dem sie fliehen konnte. Und dieser Jemand war Jack. Sally hatte sich in ihn verliebt.

Sie hatte beschlossen, ihm ein Geschenk zu schicken – eine spezielle Mixtur, die sie selbst zubereitet hatte. Sie legte die kleine Flasche in einen Korb, den sie an einem Seil aus ihrem Fenster hinabließ. Der Boden war so weit entfernt! Für einen Augenblick verlor Sally den Mut. Doch der Gedanke an Jack brachte ihn sofort zurück. Der Korb langte auf dem Boden an, und Sally nahm all ihre Entschlossenheit zusammen. Dann sprang sie.

Ihr Aufprall war weich genug, daß niemand, vor allem nicht der Teuflische

Wissenschaftler, ihn hörte. Obwohl sie bei dem Sturz einen Arm und ein Bein verloren hatte, machte Sally sich keine Sorgen. Sie war clever. Sie hatte Vorsorge getroffen.

Sie zog ihre zuverlässige Stopfnadel hervor und begann damit, sich selbst wieder zusammenzuflicken. Es dauerte nicht lange. Kurz darauf stand sie am Fuße von Jacks Turm und befestigte den Korb am Seil des Flaschenzugs, der über Jacks Fenster angebracht war.

Als Sallys Korb beim Fenster ankam, arbeitete Jack gerade an einer weiteren Gleichung. Sie lautete: *Geschenke + Mistelzweig + Schneekugeln = Weihnachtsfreude*. Das klang genausogut wie alle anderen Berechnungen. Warum gingen so viele davon nicht auf? Jack kratzte sich am Schädel. Es war zum Verzweifeln.

Der Korb vor seinem Fenster war eine willkommene Unterbrechung. Und Sally, die tief unten stand und strahlend zu ihm aufschaute, war ein erfreulicher Anblick. Jack war sogar riesig erfreut, obwohl er nicht genau sagen konnte, warum.

Dann bemerkte er eine Flasche in dem Korb. Er öffnete sie. Eine kleine Wolke kräuselte sich heraus und nahm in der Luft über Jacks Kopf Gestalt an. Sie wurde zu einem geisterhaften Schmetterling, wunderschön und vergänglich.

Wie lieblich! dachte Jack. Er lehnte sich aus dem Fenster, um Sally zu danken, doch sie war schon verschwunden.

Obwohl sie äußerst clever und mutig genug war, um aus einer Höhe von sechzehn Metern auf den Boden zu springen, war Sally doch ein bißchen

Jack Geripper, König von Halloweenland, ist es leid, immer nur Schrecken zu verbreiten.

Sally die Lumpenpuppe versteckt sich hinter einem Grabstein und lauscht Jacks Trauergesang.

Zero, Jacks getreuer Geisterhund, begleitet seinen Herrn auf allen Schreckenswegen.

Auf seiner Waldwanderung stößt Jack auf einen geheimnisvollen Baumstamm mit einer eigenartig geschnitzten Tür.

Auf der anderen Seite der Tür liegt die Weihnachtsstadt, ein seltsamer Ort, an dem es Jack gefällt.

Jack erzählt den Geistern und Dämonen von Halloweenland über die Wunder der Weihnachtsstadt.

Jack will den Geist der Weihnacht heraufbeschwören, indem er eine Schneeflocke zaubert – es geht nicht.

Weil er es besser nicht weiß, will sich Jack über die wissenschaftliche Methode dem Geist der Weihnacht nähern.

Rumpf, Stumpf und Stiel unterwegs mit der Badewanne, um den Weihnachtsmann zu entführen.

Der erste Entführungsversuch schlägt fehl – die Bande erwischt nicht den Weihnachtsmann, sondern den Osterhasen.

Beim zweiten Versuch finden die drei garstigen Dämonen den Mann, den sie »Niko Graus« nennen.

Nikolaus ist sichtlich überrascht: Die drei von der Schabernack-Bande am Weihnachtsabend vor seiner Tür.

Der Weihnachtsmann ist ausgeschaltet – und Jack Geripper ist unterwegs, um als Niko Graus seine »Gaben« zu verteilen.

Jack Geripper mag zwar gute Absichten haben, aber die Kinder kreischen, als sie ihre »Geschenke« sehen.

In Halloweenland lebt auch der böseste Dämon von allen – Huh Buh, der Buhmann.

Ein verliebtes Paar – Jack Geripper und Sally die Lumpenpuppe. Sie stehen in der schneebedeckten Landschaft und freuen sich auf das nächste Halloween.

schüchtern. Im selben Moment, als Jack zu ihr hinabgelächelt hatte, war sie von einer Woge der Scheu überwältigt und von seinem Turm weggewischt worden wie ein turbogetriebener Hexenbesen.

Nun saß sie bei den Stadttoren und fragte sich, was ihr die Zukunft wohl noch bringen mochte. Nun, es gab einen Weg, das herauszufinden.

Sally pflückte eine Blume und begann, die Blütenblätter eins nach dem anderen abzuzupfen. »Er liebt mich, er liebt mich nicht«, flüsterte sie. »Er liebt mich, er . . .«

Plötzlich geschah mit der Blume in Sallys Hand etwas sehr Eigenartiges. Sie begann sich zu drehen, und dann verwandelte sie sich in einen winzigen Christbaum!

Sally starrte darauf und wußte nicht,

was sie denken sollte. Bedeutete das, daß Jack sie nicht liebte? Oder war es ein böses Omen für seine Weihnachtspläne? Sie wußte es nicht. Mit einem Mal ging der kleine Baum in Flammen auf und verschwand und ließ Sally frierend und verwirrt in der Dunkelheit zurück.

SECHSTES • KAPITEL

Sally war nicht die einzige, die in dieser Nacht im dunkeln tappte. Hoch oben in seinem Turm war Jack genauso konfus. Er hatte sechsundfünfzig weitere Gleichungen aufgestellt. Er hatte mit allem experimentiert – von der Spielzeugeisenbahn bis zum Lametta. Er hatte Weihnachtsgeschichten gelesen und Weihnachtslieder auswendig gelernt. Er war methodisch vorgegangen. Er war wissenschaftlich vorgegangen. Er war ... erfolglos. Trotz all seiner Berechnungen hatte Jack den Geist der Weihnacht nicht isolieren können. Er fühlte sich seinem Ziel weiter entfernt als zu Beginn der Experimente.

Er stöhnte und schloß seine Augen, als könne ihn dies vor der boshaften Einsicht schützen. Als er sie wieder öffnete, fiel sein Blick auf die grün leuchtende Reagenzflasche auf seinem Tisch. Ihr Licht war nun zarter, aber noch immer wundervoll. Als er sie ansah, fühlte Jack sich besser. Er würde seine Antwort finden, ganz egal, wie lange es dauerte.

Und dann überkam es ihn wie ein Blitz. Ich habe alles falsch angepackt! erkannte er. Ich kann aus Halloweenland keine Weihnachtsstadt machen. Eine solche Veränderung ist unmöglich.

Wir sind zu verschieden. Aber das ist in Ordnung so. Wir können etwas noch Besseres daraus machen. Wir können Geschenke für alle Jungen und Mädchen unserer Welt anfertigen. Wir können Weihnachten auf *unsere* Art feiern!

Jack grinste. Es war Zeit für eine weitere Bürgerversammlung.

Der Bürgermeister war verwirrt. In der einen Minute gab es eine Bürgerversammlung. Und in der nächsten Minute gab es schon wieder eine Bürgerversammlung. All diese Versammlungen machten ihn schwindlig. Was ging hier vor?

Doch bei all seiner Verwirrung wußte der Bürgermeister doch, daß ein gutes Stadtoberhaupt Entschlossenheit an den Tag legen – oder zumindest diesen Eindruck erwecken sollte. So setzte er vorsichtshalber ein strahlendes, aber verantwortungsbewußtes Lächeln auf, als er sich Jack in der Stadthalle anschloß.

Vielleicht funktioniert diese verrückte Idee, Weihnachten in Halloweenland einzuführen, ja tatsächlich. Das Wichtigste war jetzt, so zu tun, als wenn alles selbstverständlich wäre, Teil eines meisterhaften Plans, den er, der Bürgermeister, mit ins Leben gerufen hatte.

Aber oh, es war hart. Der Bürgermeister bemühte sich nach Kräften, so dreinzuschauen, als wüßte er, was um ihn herum vorging, während Jack die Aufgaben verteilte.

Den Werwölfen trug er auf, Weihnachtsplätzchen zu backen, der Teuflische Wissenschaftler sollte seltsame fliegende Tiere mit verzweigten Ästen auf ihren Köpfen konstruieren, und die Vampire wurden eingeteilt, Babypuppen herzustellen.

Jack schloß jeden in Halloweenland in die Arbeit mit ein, auch Rumpf, Stumpf und Stiel, Halloweenlands hauptberufliche Schabernack-Bande, die von Tür zu Tür zog, um Beute zu machen oder den Bewohnern einen üblen Schabernack zu spielen.

Als sie von Jack aufgerufen wurden und unter ihren verrückten Masken schelmisch grinsten, schauderte der Bürgermeister. Nicht etwa, weil dieser kleine Teufel, die Hexe und der Ghoul die Schabernack-Bande waren. Nein, verwegene Streiche galten in Halloweenland als ehrenwerte Tätigkeit. Der Grund für das Unbehagen des Bürgermeisters lag woanders.

Rumpf, Stumpf und Stiel waren hinterhältig. Sie waren gerissen. Und sie führten immerfort etwas im Schilde. Am schlimmsten aber war die Kreatur, die sie ihren Anführer nannten und die sie erst zu den nichtsnutzigen kleinen Dingern gemacht hatte, die sie heute waren – Huh-Buh, der schreckliche Buhmann. Jedesmal, wenn der Bürgermeister an ihn dachte, schrie er unwillkürlich auf.

Denn der gemeine, teuflische Huh-Buh war ein riesiger, wulstiger Sack, angefüllt mit widerlichen Insekten und Schlangen, die überall zwischen seinen unsauberen Nähten hervorkrochen. Seine Lieblingsbeschäftigung war es, durch die Nacht zu streifen, auf der Jagd nach Dingen – oder Menschen –, die er fressen konnte.

Huh-Buh war immer hungrig. Er war

die furchterregendste Kreatur in Halloweenland.

»Jack! Jack!« heulte der Bürgermeister auf. »Das sind Huh-Buhs Jungs!«

Jack lächelte einfach nur. Unglaublich! Er schien sogar froh zu sein, diese drei kleinen Dämonen zu sehen. »Ah, Halloweenlands vortreffliche Schabernack-Bande«, sagte er und beugte sich hinab, um jedem von ihnen den Kopf zu tätscheln. »Der Job, den ich für euch habe, ist streng geheim. Er erfordert List und Geschick.«

Stumpfs Augen glitzerten hinter ihrer Hexenmaske. »Und wir dachten, du kannst uns nicht leiden, Jack«, sagte sie mit knisternder Stimme.

Jack kniete sich nieder und flüsterte ihnen zu: »Niemand darf davon erfahren. Keine einzige Seele!«

Der Bürgermeister konnte es nicht

fassen. Nicht nur, daß Jack diese Widerlinge Rumpf, Stumpf und Stiel eingeladen hatte, nun teilte er auch noch ein Geheimnis mit ihnen! Was ging da vor?

Jack bemerkte die Neugierde des Bürgermeisters kaum. Er war damit beschäftigt, Rumpf, Stumpf und Stiel den wichtigsten Teil seines Plans zu erklären: die ›Aktion Niko Graus‹. Als er endete, sah er sie lange und streng an. »Laßt Huh-Buh aus dieser Sache raus.«

»Aber klar«, sagte Rumpf.

»Was immer du sagst«, sagte Stumpf.

»Wir denken nicht mal im Traum daran«, sagte Stiel.

Und nacheinander kreuzten sie alle drei ihre Finger hinter dem Rücken. Sie logen! Aber wie hätte Jack das wissen können?

Als die drei kleinen Ungeheuer fröhlich kichernd aus der Dorfhalle eilten, lächelte Jack hinter ihnen her. Sein Traum würde in Erfüllung gehen.

Er ahnte nicht, daß er bald schon zu einem Alptraum werden würde.

Rumpf, Stumpf und Stiel liebten Alpträume. Hämisch lachend liefen sie heim zu ihrem Baumhaus, das auf einem knorrigen, uralten Baum an einer schroffen Bergschlucht thronte. Dort angekommen, setzte sich das furchtbare Trio zu Boden und entledigte sich der Masken. Sie grinsten sich an. Ihre wahren Gesichter unterschieden sich überhaupt nicht von ihren Masken, doch das wußte außer Huh-Buh niemand in Halloweenland.

Sie begannen damit, ihre Tat zu planen. Wie sollten sie es bloß anstellen?

Rumpf, oft der Sprecher der Gruppe, schlug vor, eine Falle für Niko Graus zu bauen. Sie könnten ihn in einen großen Hummerkessel mit kochendem Wasser werfen, wo er hingehörte. Dann hatte Rumpf eine bessere Idee. Was, wenn sie eine Kanone vor seiner Tür aufbauten? Das könnte lustig werden.

Stumpf, das Gehirn der Operation, schnaubte verächtlich. Was nutzte es, wenn sie Niko Graus in seine Einzelteile zerlegten? Jack würde das nicht gefallen. Auf der anderen Seite – was scherte sie Jacks Meinung? Nachdem sie Niko gekidnappt hatten – natürlich in einem Stück –, könnten sie ihn erst zu Jack bringen und gleich danach zu Huh-Buh. Letztendlich arbeiteten sie für den Buhmann.

Sie mußten ihn bei Laune halten. Und was würde dem Buhmann wohl mehr Freude bereiten als ein großer, fetter, köstlicher Hummer-Mann? Das Trio kicherte einvernehmlich. Tolle Idee!

Sie stiegen in ihre krallenfüßige Badewanne und düsten los, ihre Beute zu suchen.

SIEBTES • KAPITEL

Natürlich ahnte Jack nichts vom Plan der kleinen Ungeheuer Rumpf, Stumpf und Stiel. Er war zu beschäftigt mit seinen eigenen Plänen, die von Minute zu Minute mehr Gestalt annahmen. Er gab an jedermann in Halloweenland Aufgaben aus, vom kleinsten Gremlin bis zum größten Monstrum.

Wenn alles klappte, würde jeder hier in Halloweenland seinen Teil zu Weihnachten beitragen – auch die Halloweenland-Band, die tagtäglich schwermütige Weisen auf den Straßen spielte. Wenn sie fleißig übten, würden sie bestimmt lernen, ›Kling, Glöckchen, klingelingeling‹ zu spielen.

Als er sie fragte, versicherten sie ihm, das wäre kein Problem. Wie fast alle Bewohner in Hallooweenland fiel es ihnen schwer, Jack etwas abzuschlagen. Sie mochten ihn und würden ihm folgen, sogar auf unbekanntes Terrain.

Sally mochte Jack nicht nur, sie liebte ihn. Als er bei der Versammlung zu ihr kam und sagte: »Sally, deine Hilfe brauche ich nötiger als jede andere«, wie hätte sie nein sagen können?

Er bat sie, ihm einen Niko-Graus-Anzug zu nähen, und sie willigte gerne ein. Aber Sally war nicht mit ganzem Herzen dabei. Weil nämlich ihr Herz voller

Sorge war wegen Jacks Plänen. Fortwährend mußte sie an das geheimnisvolle Omen denken, das sich ihr gezeigt hatte – den kleinen Christbaum, der in Flammen aufgegangen war.

Das machte ihr Angst. Doch als sie Jack davon erzählen wollte, kam sie nicht weit.

»Jack«, sagte sie »Bitte, hör mir zu. Es wird nicht gelingen, es wird ein Unglück geben.«

»Aber warum denn?« entgegnete er und zeigte ihr eine Zeichnung von Niko Graus' Kleidern. »Halte dich einfach nur an dieses Muster!«

Sally versuchte es noch einmal. »Es wird schiefgehen, Jack«, sagte sie und sah in ihrem Geist wieder den schrecklichen brennenden Baum.

Es war hoffnungslos. Jacks Gedanken kreisten einzig um den Anzug.

»Nicht so bescheiden«, erklärte er. »Niemand ist geeigneter als du, das für mich zu nähen!«

Schließlich gab Sally auf. Wenn sie Jack schon nicht retten konnte, so würde sie wenigstens für ihn nähen. Sie schlug den Weg zum Marktplatz ein, wo die Weihnachtsvorbereitungen in vollem Gange waren.

Als Sally eben die Dorfhalle verließ, stürmten Rumpf, Stumpf und Stiel hinein. Sie schleiften einen großen Sack hinter sich her, in dem irgend etwas zappelte.

»Jack!« riefen sie »Wir haben ihn geschnappt! Wir haben ihn!«

Jacks Herz schlug höher. »Öffnet den Sack! Schnell!« rief er.

Aufgeregt kichernd entknotete die Schabernack-Bande den Sack. Heraus sprang ein gewaltiger pinkfarbener

Hase. Er sah nicht glücklich drein.

»Das ist nicht Niko Graus!« sagte Jack.

»Ist er nicht?« fragte Stumpf.

»Wer ist es dann?« erkundigte sich Stiel.

Jack wußte es nicht. Er hatte nie zuvor einen Hasen gesehen, schon gar keinen Riesenosterhasen wie diesen. Aber eins war sicher: Dies war keinesfalls Niko Graus!

Als er das wiederholte, protestierten Rumpf, Stumpf und Stiel.

»Wir haben uns genau an deine Anweisungen gehalten«, jammerte Rumpf.

»Wir sind durch die Tür gegangen«, sagte Stiel.

»Welche Tür?« fragte Jack »Ich habe euch gesagt, daß es mehr als eine gibt. Ihr hattet den Auftrag, durch die baumförmige Tür zu gehen!« Er hielt den

Scherenschnitt eines Christbaumes hoch.

»Bringt ihn zurück!« verlangte er.

Die Schabernack-Bande war enttäuscht. Also taten sie, was alle kleinen garstigen Dämonen tun, wenn sie enttäuscht sind: Sie schoben sich gegenseitig die Schuld zu. Es artete zu einem gewaltigen Streit aus. Stumpf packte Rumpfs Kehle. Stiel schmetterte die Faust auf Stumpfs Schädel.

Jack, der normalerweise eine geduldige Natur war, hatte bald die Nase voll von diesem Trio. Also tat er etwas, das er sich normalerweise für die schwärzeste Stunde der Halloweennacht aufhob: Er klapperte mit seinen Knochen. Es war ein grauenerregendes Geräusch, und es funktionierte. Das Trio hielt in seinem Streit inne.

In der plötzlich herrschenden Stille

wandte sich Jack an den Osterhasen, dessen rosa Nase in Panik zuckte. »Ich bedaure die Unannehmlichkeiten, die Ihnen entstanden sind, zutiefst«, sagte er. »Wenn Sie so freundlich wären, in den Sack zurückzuklettern, dann werden meine Freunde Sie nach Hause begleiten.«

Der Osterhase benötigte keine weitere Aufforderung. Er flüchtete geradewegs zurück in den Sack. Als Rumpf, Stumpf und Stiel ihn wegschleppten, rief Jack dem Trio nach. »Zuerst bringt ihn heim! Entschuldigt euch noch mal! Und seid vorsichtig, wenn ihr Niko Graus holt! Behandelt ihn freundlich!«

Jack schaute den drei kleinen Dämonen hinterher, als sie die Dorfhalle verließen, und atmete tief durch. Es war nicht leicht, eine großartige Idee in die Tat umzusetzen.

Daß die Aufgabe auch erfreuliche Momente mit sich brachte, zeigte ihm der nächste Tag. Als er sah, wie die Weihnacht Einzug auf dem Dorfplatz von Halloweenland hielt, begann sein Herz zu hüpfen. Alles, was er erblickte, vom Teuflischen Wissenschaftler, der schwer an seinem knöchernen Rentier arbeitete, bis zu Sally, die den prächtigen Niko-Graus-Anzug zusammennähte, war wie die Erfüllung eines wundervollen Traums. Er sprang über den Dorfplatz, so glücklich, daß seine Skelettfüße kaum den Boden berührten.

Es gab so vieles zu bestaunen! An einem Tisch knüpfte eine Gruppe Vampire kleine totenkopfartige Lampen zu einer Lichterkette zusammen. An einem anderen Tisch fertigten mehrere Hexen Baby-Voodoo-Puppen, und an einem dritten Tisch mühten sich Halloweenlands schwerstarbeitende Werwölfe mit einem prächtigen Kobold-in-der-Kiste ab.

Jack summte zufrieden vor sich hin. Das würde das aufregendste Weihnachten aller Zeiten werden!

Genau denselben Gedanken hatte auch der Weihnachtsmann. Weit entfernt in Weihnachtsstadt saß Nikolaus in seiner schneebedeckten Hütte und überprüfte seine Liste zum zweiten Mal, während Elfen wundervolles Spielzeug, Plätzchen, die das Wasser im Mund zusammenlaufen ließen, Weihnachtsgebäck und Kuchen herbeitrugen.

Was Nikolaus in der Liste las, ließ ihn verblüfft den Kopf schütteln. »Brav ... brav ... ungezogen ... brav ... brav ... brav. Erstaunlich!« murmelte er. »Es gibt fast gar keine ungezogenen Kinder dieses Jahr.« Sein rotwangiges Gesicht strahlte. Das wird ein Weihnachten, an das man sich lange erinnern wird, dachte er glücklich.

In diesem Moment schlug die Türglocke an. »Nanu, wer kann das sein?« murmelte Nikolaus. Widerstrebend ließ er seine Liste sinken, erhob sich aus seinem Lehnstuhl und ging zur Tür.

Als er sie öffnete, fiel sein Blick auf drei seltsame kleine Kinder, die zu ihm hochlächelten. Warum nur waren die drei als Hexe, Teufel und Ghoul verkleidet? Warum hatten sie diesen großen Sack dabei? Und was meinten sie, fuhr es Nikolaus noch durch den Kopf, bevor alles um ihn her dunkel wurde, mit ›Beute oder Schabernack‹?

ACHTES • KAPITEL

»Du siehst dir gar nicht mehr ähnlich, Jack, überhaupt nicht mehr«, sagte Sally die Lumpenpuppe.

Sie und Jack standen auf dem Dorfplatz, und sie war ihm behilflich, den neuen roten Mantel anzulegen. Sally konnte diesem seltsamen Weihnachtsrummel nicht viel abgewinnen, und sie mochte auch diesen roten Umhang nicht besonders, obwohl sie ihn selbst genäht hatte. Jack sah in seinem eleganten schwarzen Anzug, den er sonst trug, so viel besser aus, dachte sie.

Aber Jack war begeistert. »Ist das nicht wundervoll? Es könnte gar nicht schöner sein!« rief er aus, als er den Mantel zuknöpfte.

»Aber du bist der Kürbiskönig«, sagte Sally und hoffte im stillen, Jack möge wieder zu Verstand kommen.

Er hörte ihr nicht einmal zu. In Gedanken war er eine Million Meilen von Halloweenland entfernt. Heute war die Weihnachtsnacht, und er hatte sich vorbereitet!

Sein wunderbarer, sargähnlicher Schlitten war vollgeladen mit Geschenken, die die Bewohner von Halloweenland gebastelt hatten. Er trug ein prächtiges Niko-Graus-Kostüm, und bald schon – jede Minute! – würde er abheben zum größten Abenteuer seiner Träume!

Jack betrachtete sich im Spiegel. Irgend etwas, so erkannte er, fehlte noch. Doch was? Er trug den Mantel, die Stiefel, sogar einen langen weißen Bart.

Da hörte er plötzlich, wie sein Name gerufen wurde – von Rumpf, Stumpf und Stiel!

»Jack! Jack! Wir haben ihn!« schrien sie, als sie auf den Dorfplatz stürmten und einen riesigen Sack hinter sich herzerrten.

»Diesmal haben wir es geschafft!« krähte Stiel. »Er ist wirklich gewaltig!«

»Und schwer!« fügte Stumpf keuchend hinzu.

»Laßt mich raus!« polterte eine dumpfe Stimme.

Plötzlich hob sich der Sack, rollte

herum und öffnete sich. Heraus kletterte ein großer dicker Mann mit weißem Haar und weißem Bart. Sein roter Mantel war zerknittert, die rote Zipfelmütze saß schief auf seinem Kopf, und das leuchtend rote Gesicht war schweißüberströmt.

Jack war begeistert. »Niko Graus!« rief er aus. »Höchstpersönlich! Was für eine Freude, Sie zu treffen!«

Nikolaus war kein junger Mann mehr, doch er hatte immer ein gutbehütetes Leben geführt. Die meiste Zeit davon hatte er mit Frohsinn und hart arbeitenden Elfen verbracht, sonst mit schlafenden Kindern, die einen so himmlisch friedfertigen Eindruck machten, weil sie eben schliefen. Bezaubernde, festliche Weihnachtsgeschenke zu fertigen und sie braven kleinen Mädchen und Buben zu bringen, hatte ihn nicht vorbereitet auf ... das hier.

Er blickte mit Grausen um sich. Ghouls und Monster, eins häßlicher als das andere, drangen auf ihn ein, die Fratzen in Neugierde verzerrt.

Wer waren sie? Und diese lange, knochige Gestalt, die vermutlich ihr Anführer war, strahlte ihn noch immer dümmlich an. Warum nur? Nikolaus' Kopf schwirrte vor Dutzenden unbeantworteten Fragen.

»Überrascht, wie?« fragte der Knochentyp. »Keine Frage; ich weiß, daß Sie's sind. Dieses Jahr brauchen Sie sich um Weihnachten keine Sorgen zu machen. Wir nehmen es in die Hand. Sie können die Nacht über ausspannen.«

Nikolaus' Herz blieb beinah stehen. Wovon redete dieses Skelett eigentlich?

Der Weihnachtsabend war der Höhepunkt seines ganzen Jahres. Er hatte den Rentierschlitten zu lenken! Geschenke auszuliefern! Und nun würde er zu spät kommen!

»Aber ich …«, keuchte er, fast sprachlos vor Entsetzen.

»Sehen Sie es als Urlaub an, Niko«, sagte der Knochenmann. »Eine gute Gelegenheit, einmal richtig auszuspannen.«

In diesem Augenblick erkannte Jack, was an seinem Niko-Graus-Kostüm fehlte. Er pflückte dem Weihnachtsmann die rote Mütze vom Kopf »Und während Sie sich ausruhen, leihe ich mir das hier aus«, sagte er.

Sorge, Wut und Angst raubten Nikolaus die Sprache. Bevor er zu einer Entgegnung ansetzen konnte, zogen ihn die drei furchtbaren kleinen Kinder, die ihn entführt hatten, mit sich. War denn keiner hier, der ihm jetzt helfen konnte? Das mußte ein Alptraum sein!

»Nein ... bitte ... wartet ...!« flehte er. Aber das teuflische Kichern der Schabernack-Bande übertönte seinen Einwand.

Das ist ein Alptraum! dachte Sally die Lumpenpuppe, als der arme Nikolaus fortgeschleppt wurde. All ihre Befürchtungen über dieses Weihnachtsfest schienen wahr zu werden. Es war eine Katastrophe. Sie mußte irgend etwas tun. Sie zermarterte ihr Lumpenpuppengehirn.

»Ich hab's!« flüsterte sie dann und glitt davon.

Jack, entzückt von Nikolaus' roter Mütze, bemerkte Sallys Verschwinden nicht. Diese Mütze, dachte er bei sich, war genau das, was sein herrliches

Weihnachtskostüm vollkommen machte. Er rückte sie so, daß sie in einem geneigten Winkel auf seinem Totenschädel saß, dann schickte er sich an, auf seinen Schlitten zu steigen. Nachdem der Bürgermeister eine Abschiedsrede gehalten hatte, würde Jack endlich losfahren können.

Jack sah zum Bürgermeister hinüber – und blinzelte. Er und jeder in der Runde schauten sich ungläubig um.

Ein dichter weißer Nebel war plötzlich aus dem Nichts gekommen und zog nun über den Dorfplatz. Ein trüber, unheilvoller, zum Frösteln schauriger, blendender Nebel, wie er sonst nur zu Halloween aufzog und alles verschlang.

»O nein!« seufzte Jack. »Bei dieser Suppe können wir niemals aufsteigen. Die Rentiere können ja nicht mal ihre Nasen sehen.«

Aus dem Nebel kam ein Stöhnen und Murren, ein lauter Monsterchor der Enttäuschung. Weihnachten war ruiniert! Wie hatte das passieren können?

Sicher verborgen hinter den weißen Nebelwolken lächelte ein einziges Gesicht erleichtert: das Gesicht von Sally der Lumpenpuppe. Denn sie war es gewesen, die ein spezielles Gebräu zusammengemischt und in den Dorfbrunnen geschüttet hatte. Der Nebel war ihr Werk. Tief in ihrem Lumpenpuppeninneren hatte Sally gefühlt, daß dieses Weihnachten so nicht weitergehen konnte und daß sie es aufhalten mußte. Nun schien es, als habe sie Erfolg gehabt.

Sie versuchte, Jack durch die dicken Schwaden zu erkennen. Hatte er aufgegeben?

Nein! Er redete mit Zero, seinem kleinen Geisterhund, der mit seiner glühenden Kürbiskopfnase vor ihm in der Luft schwebte. »Kannst du mit deiner Nase Pracht«, fragte Jack, »den Weg mir weisen heute nacht?« Zeros Antwort war ein aufgeregtes Bellen, und er schlug einen Looping durch die Luft.

»Ich denke, das heißt ja«, sagte Jack mit einem Grinsen. Er wandte sich wieder der Menge zu. »Meine Freunde«, gab er zufrieden bekannt, »Weihnachten ist gerettet! Zero wird meine Rentiere durch den Nebel leiten!«

Als Pfeifen und Hochrufe laut wurden, nahm Zero seinen Platz vor dem vordersten Rentier ein. Seine Nase glühte wie ein Leuchtfeuer. Jack sprang an Bord und ließ seine Peitsche knallen.

»Los geht's!« rief er. »Ho! Ho! Ho!« Der Schlitten erhob sich unter wildem

Applaus in die Lüfte. Ein einziger sorgenvoller Ton mischte sich in den Jubel, doch er war so leise und wehmütig, daß niemand ihn vernahm.

»Auf Wiedersehen, Jack«, flüsterte Sally. »Oh, wie hoffe ich, daß meine Vorahnung falsch war!«

NEUNTES • KAPITEL

Als Sally den Dorfplatz verließ, war ihr Herz schwer von Sorge, und als Jack über den Himmel zog und vor Freude lachte, führten Rumpf, Stumpf und Stiel ein kurzes, aber höchst interessantes Gespräch über ihren Gefangenen.

»So, wo bringen wir ihn also hin?« fragte Stiel.

»Zu Huh-Buh natürlich«, antworteten Rumpf und Stumpf.

»Natürlich!« echote Stiel mit einem nervösen Kichern. »Huh wird begeistert sein.«

Nikolaus wußte nicht, wer Huh Buh war. Doch er ahnte, daß das Weihnachtsfest in ernstlicher Gefahr war. Warum ließen diese drei schrecklichen Kinder ihn nicht gehen?

»Habt ihr je vom Frieden auf Erden gehört?« fragte er in seinem Sack und versuchte sich freizustrampeln.

»Nein!« krähte das Trio hämisch. Sie hielten den Sack fester. War das ein Spaß!

Auch Jack hatte eine Menge Spaß. Er brachte die Weihnachtsfreude in die Welt. Jedenfalls dachte er das. Bei seinem ersten Halt – er war auf dem Dach eines Hauses bruchgelandet und durch den Kamin nach unten in die Wohnstube gerutscht – starrte ihn ein kleiner Junge zaghaft an.

Als Jack ihm ein Geschenk überreichte – einen seiner selbstgemachten Schrumpfköpfe – ließ der kleine Junge laute Freudenschreie hören. Wahrhaft *sehr* laute Schreie.

Jack hatte keine Ahnung, daß er soeben einem unschuldigen Kind den blutrünstigsten Schock seines jungen Lebens versetzt hatte. Und die Geräusche, die er vernahm, als er seinen Schlitten wieder in Gang setzte? Sie waren weit entfernt von Jubelrufen. Es war ein entsetztes Kreischen.

Als Jack weiter seine Runde zog und durtzendweise unheimliche, finstere und erschreckende Weihnachtsgeschenke verteilte, hörte er eine Menge dieser Schreie. Schreie für den Adventskranz aus geflochtenen Armen. Schreie für den Totengräber-Modellbaukasten. Schreie für den elektrischen Spielzeug-Stuhl. Er hörte haarsträubende Schreie für die Augapfel-Murmeln und die Schneckenfarmen.

Jack gefielen die Schreckensschreie. Aber natürlich kannte er auch keine anderen. Wenn die Leute kreischten: »Diese Geschenke sind ja entsetzlich!«, hielt er es für Laute des Entzückens.

So machte er weiter und weiter und verteilte fröhlich seine schrecklichen Gaben, und er begriff nicht die verheerende Wirkung, die er damit erreichte. Immer wieder mißverstand er die Rufe der Wut und des Ekels und dachte, man würde sich bei ihm bedanken, und er antwortete mit einem herzlichen »Fröhliche Weihnacht!«

Nie hörte er die Türen zuschlagen,

die Schlösser einrasten, die hektischen Anrufe beim nächsten Polizeirevier. Jack fand, daß alle sich wahnsinnig freuten.

Er ahnte auch nicht, daß man ihn als Kriminellen einstufte. Und wie einen Verbrecher versuchte man ihn vom Himmel zu schießen - mit großkalibrigen Waffen.

»Schau nur, Zero!« rief er. »Sie feiern! Sie danken uns für unsere Gaben!«

In diesem Moment verfehlte eine Granate eines der Rentiere nur knapp. Und in Jack zog allmählich die Erkenntnis herauf, daß hier irgend etwas sehr, sehr falsch lief...

ZEHNTES • KAPITEL

Lange bevor Jack sich Sorgen zu machen begann, wußte Sally die Lumpenpuppe, daß etwas schief lief. Sie hatte die Explosionen am Himmel bemerkt, und im Geflüster der Nacht raunte man sich zu, daß Jacks Mission in Gefahr war.

Irgend etwas sagte Sally, daß allein Nikolaus noch helfen konnte. Doch wo war er? Günstigenfalls mit Rumpf, Stumpf und Stiel zusammen. Ungünstigenfalls . . . bei Huh-Buh. Sally erschauderte vom Kopf bis zu den Zehen. Was für ein erschreckender Gedanke!

Doch etwas sagte ihr, daß es genau so war. Sally kannte Rumpf, Stumpf und Stiel. Und sie wußte, daß es nur einen Ort gab, wohin die Schabernack-Bande ihren Gefangenen gebracht haben konnte – in die unterirdische Folterkammer, die der böse Huh-Buh sein Heim nannte.

So machte Sally sich auf zu Huh-Buhs Höhle. Und dort erblickten ihre Augen Grauenvolles. Der Kerkerkeller des Buhmanns war finster und naßkalt, an den Wänden hingen Spinnweben, auf dem Boden lagen Knochen. Es war ein elender, hoffnungsloser Ort, und in seinem Zentrum lag Niko Graus, an Armen und Beinen gefesselt.

Auf einem monströsen Roulette-

Tisch neben ihm waren einige seltsame Spielgeräte aufgereiht – von wurmstichigen Würfeln bis zu Einarmigen Banditen, die echte Kugeln verschossen.

Breitbeinig stand Huh-Buh über Nikolaus und grinste boshaft. Sein unförmiger, sackähnlicher Körper war angefüllt mit summenden Käfern, die fortwährend durch eine Mundöffnung ein und aus krabbelten.

Huh gab sein Bestes, daß Nikolaus sich elend fühlte, und er war sehr erfolgreich damit. Kein Wunder; es war Huh-Buhs Job, gruselig, erschreckend und ekelig zu sein. Schließlich war er der Buhmann.

Sally beobachtete entsetzt, wie er um Nikolaus herumtanzte und Drohungen ausstieß.

»Du häßlicher, alter Mann, du schmeckst sicher köstlich«, grollte er und warf einen Würfel. »Und ich werde langsam hungrig. Willst du nicht die Hauptzutat in einem schmackhaften Schlangen-und-Spinnen-Schmorgericht werden? Ich koche dich bei lebendigem Leib! Na, wie wär's?«

»Nein!« kreischte Nikolaus. »Laß mich gehen! Bitte! Die Kinder erwarten mich. Ich muß ihre Weihnachtsgeschenke bringen!«

»Ha, ha, ha!« rief Huh zurück. »Es gibt keine Hoffnung mehr. Du bist am Ende! Da hilft dir auch kein Gebet mehr. Weil ich der große böse Buhmann bin und du nirgendwo mehr hingehst!«

Nikolaus wand sich in seinen Fesseln, aber es hatte keinen Sinn. Er konnte sich nicht befreien. Huh-Buh kam näher ... und näher ... und näher ...

Während dessen kam hoch am Himmel eine Rakete näher und näher und näher an Jack heran. Als sie traf, zerstörte sie den Schlitten augenblicklich und schickte Jack auf eine schwindelerregende, viel zu schnelle Reise hinab zur Erde.

Jack landete in den Armen eines Steinengels auf einem Friedhof. Sein Kieferknochen hatte sich während des Sturzes ausgerenkt, und so lag er für einen Moment schweigend da. Er war unfähig zu sprechen – und unfähig, die schreckliche Wahrheit zu leugnen: Seine Version der Weihnacht war ein riesiger, kompletter Reinfall gewesen. Diese Erkenntnis war für ihn viel schmerzhafter als die Folgen des Sturzes.

Was für ein Narr war er nur gewesen! Was für einen dummen Fehler hatte er begangen! Wenn Jacks Kiefer sich wieder eingerenkt hätte, hätte er vor Enttäuschung heulen können. Aber er war nicht eingerenkt. Und so lag er einfach nur da und wartete auf Zero, der Jacks verlorengegangene Teile zusammensuchte.

»Guter Hund«, murmelte er, als ihm Zero die fehlenden Knochen brachte. Langsam setzte Jack sich wieder zusammen. Und während dessen dachte er angestrengt nach.

Er wollte alles wieder gutmachen. Aber dafür mußte er Niko Graus finden – schnell. Würde es ihm gelingen?

»Ich muß es versuchen, Zero«, erklärte er seinem treuen Hund. »Ich hoffe nur, es bleibt noch genug Zeit.«

Voller Entschlossenheit stürmte er zu einem Grabstein, hob ihn an und machte sich auf den langen Weg die Stufen nach Halloweenland hinunter.

ELFTES • KAPITEL

Rumpf, Stumpf und Stiel hatten eine Menge Spaß. Wie üblich deshalb, weil ein anderer keinen Spaß hatte.

Von einer Falltür über Huh-Buhs Kerker aus beobachteten sie, wie der Buhmann statt einem nun gleich zwei Gefangene quälte! Sallys verzweifelter Versuch, Nikolaus zu befreien, war fehlgeschlagen, und nun war auch sie in Huh-Buhs Gewalt.

Doch als die drei kleinen Dämonen von der Schabernack-Bande sich gerade etwas vorlehnten, um einen besseren Ausblick zu erhaschen, hörten sie hinter sich ein schreckliches Geräusch. Wie das Klappern von Gebeinen.

Konnte das sein? Es konnte sein! Jack Geripper! Mit panischen Schreien fuhren die drei herum und verschwanden in der Nacht.

Jack nahm ihren Platz an der Falltür ein. Tief unten erkannte er Sally und Nikolaus, an einen Würfeltisch gefesselt, der über einem dampfenden Kessel hing. Trotz ihrer ausweglosen Lage hatte sich die Lumpenpuppe ihren Trotz bewahrt.

»Es ist noch nicht vorbei!« rief sie. »Überhaupt noch nicht! Warte nur, bis Jack das erfährt! Wenn er mit dir fertig ist, wirst du froh sein ...«

In diesem Augenblick wurde sie von der Stimme des Bürgermeisters unterbrochen. Sie drang brüllend aus einem Lautsprecher an seinem Leichenwagen draußen auf der Straße, und die Neuigkeit, die sie verkündete, war schrecklich.

»Der König von Halloween wurde in kleine Stücke zerschossen«, gab der Bürgermeister bekannt. »Jack Geripper ist nur noch ein Häufchen Staub.«

Als Sally das hörte, traten Tränen in ihre Augen. Huh-Buh dagegen brüllte triumphierend auf. Wenn Jack nicht mehr lebte, würde er der König von Halloweenland sein!

»Ein Häufchen Staub!« wiederholte er voller Glückseligkeit und wandte sich zu seinen Opfern um. Er grinste hungrig. »Und Staub zu Staub.« Er begann einen kleinen Freudentanz und sang dabei: »Ich fühl' mich hungrig, das kann jeder seh'n. Wenn der Würfel rollt, soll's endlich gescheh'n!«

Und er warf seinen riesigen Würfel. Er rollte über den Kerkerboden und blieb schließlich mit der Zwei an der Oberseite liegen. »Was? Schlangenaugen?« Huh stieß ein Brüllen aus und schmetterte seine Faust auf den Boden, daß der Würfel einen Satz machte und diesmal mit einer Elf liegenblieb.

Huh-Buh grinste zufrieden. »Sieht aus, als hätte ich den Jackpot gewonnen!« Er begann an der Kurbel seiner Foltermaschine zu drehen, und Sally und Nikolaus senkten sich in den gewaltigen Kessel hinab. »Macht's gut, Puppengesicht und Sandmann!« grölte er, als sie zu schreien begannen. Mit der letzten Drehung setzte er den Würfeltisch auf dem Rand des Kessels auf.

Der Buhmann knisterte regelrecht vor Spannung, als er darauf wartete, den letzten, endgültigen Plumps seiner Opfer zu hören. Aber da kam nichts. Kein einziger Ton.

»Nanu?« stieß er hervor. Er drehte die Kurbel ein Stück zurück, um das Brett vom Kessel zu heben. Und traute seinen Augen nicht. Statt Nikolaus und Sally saß Jack Geripper darauf!

»Hallo, Huh«, begrüßte ihn Jack, sprang rasch vom Würfeltisch herunter und auf das Rouletterad.

»Jack?« schrie Huh-Buh und wich voll Schrecken zurück. »Aber sie sagten, du wärest tot! Na schön - dann stirbst du eben zweimal!«

Huhs Fuß stampfte auf einen Hebel am Boden nieder. Das Rouletterad setzte sich in Bewegung und raubte Jack die Balance. Gleichzeitig klappte ein

Kreis von riesigen Spielkarten, die allesamt den Pik-König zeigten, aus der Kante des Rades. Die Könige wurden lebendig und stießen mit ihren Schwertern nach Jack.

Mit wilden Sprüngen gelang es Jack gerade noch, außer Reichweite ihrer Waffen zu bleiben. Dadurch aber war er so abgelenkt, daß er die gewaltige, mit Messern gespickte Billardkugel, die plötzlich von der Decke herabfiel, beinahe übersehen hätte.

Huh-Buh lachte irr, als Jack verzweifelt über das Rad wirbelte, bemüht, beiden Gefahren auszuweichen. Die Käfer in Huhs sackähnlichem Körper flogen wild durcheinander, was seine Seiten mächtig hob und aufblähte.

»Na los doch, Knochenmann!« rief er und zog an einer Kette über seinem Kopf. Die lebenden Karten klappten wieder nach hinten und zogen sich in das Rad zurück, aber dafür rollte nun eine Armee von Einarmigen Banditen heran.

»Feuer!« brüllte Huh-Buh, und die Maschinen begannen aus ihren geladenen Armen zu schießen. Schnell wie ein Zwinkern wechselte Jack auf eine von ihnen über. Fluchend vor Enttäuschung erreichte der Buhmann einen weiteren Knopf und schickte das Rouletterad durch die Luft wirbelnd hinter Jack her.

»Paß auf!« kreischte Sally. Gerade noch rechtzeitig sprang Jack zur Seite, während die kreisende Kante des Rades die Arme der Einarmigen Banditen allesamt abrasierte.

Die Lumpenpuppe seufzte vor Erleichterung. Jack sprang noch einmal und landete genau vor Huh-Buh. Nun endlich konnten sie einen fairen Kampf austragen. Doch da trat der Buhmann auf einen weiteren Hebel.

»Bis dann!« rief er, als er auf die Oberseite der Billardkugel und außer Jacks Reichweite katapultiert wurde.

Jack sah zu ihm hoch. »Wie konntest du es wagen, meine Freunde so schändlich zu behandeln?« fragte er mit ruhiger Stimme. Mit einem Knochenarm griff er nach oben, wo eine dünne Schnur von Huhs Körper herabhing, und zog mit einem Ruck daran.

Sally und Nikolaus, die alles aus einer Ecke des Kerkers beobachteten, brauchen einen Moment, um zu begreifen, was geschah. Langsam zuerst, aber dann schneller und schneller, begannen sich die Nähte des Buhmanns aufzutrennen. Und so sehr er sich auch drehte und wand, er konnte nichts dagegen tun. Innerhalb von Sekunden war von ihm nur noch ein Berg krabbelnder Käfer übrig.

»Nun schau dir an, was du getan hast!« klang Huhs Stimme wehklagend aus dem Insektenhaufen. »Meine Käfer! All meine Käfer!«

Kriechend, krabbelnd und fliegend zerstreuten die Insekten sich nach allen Seiten – bis auf einen. Dann, *platsch!*, zertrat Nikolaus den letzten Käfer mit einem seiner großen schwarzen Stiefel.

Der Buhmann war nicht mehr.

Sally strahlte vor Erleichterung. Nikolaus wischte sich über die schweißnasse Stirn. Und Jack entschuldigte sich.

»Vergeben Sie mir, Niko Graus«, sagte er. »Ich fürchte, ich habe während Ihres Urlaubs ein *schreckliches* Durcheinander angerichtet.«

»Holprige Schlittenfahrt, Jack?« fragte Nikolaus. »Weihnachten ist eben doch viel mehr als ein Sack voll Geschenke und eine rote Mütze!« Er schnappte sich seine Mütze von Jacks Kopf und wandte sich zum Gehen.

»Ich hoffe, es bleibt noch genug Zeit«, rief Jack ihm hinterher.

»Aber natürlich«, entgegnete Nikolaus. »Schließlich bin ich der Weihnachtsmann.« Und damit preßte er einen Finger gegen einen Nasenflügel und schneuzte eine schmale Röhre hervor, die nach draußen führte.

»Er rückt die Dinge schon wieder zurecht, Jack. Er weiß, was zu tun ist«, sagte Sally, um ihn aufzumuntern.

Jack drehte sich zu der Lumpenpuppe um. Und plötzlich schien es ihm, als sähe er sie zum allerersten Mal. »Wie bist du überhaupt hierher gekommen?«

»Ich habe versucht ... also, ich wollte ...« Die kleine Puppe errötete und versank wieder in Schweigen.

»Um mir zu helfen?« fragte Jack. »Aber Sally, ich habe ja nie geahnt ...«

Da klang eine geschäftige Stimme auf. »Jack! Jack!« Der Bürgermeister erschien, dicht gefolgt von Rumpf, Stumpf und Stiel.

»Da ist er!« sagte Stumpf.

»Lebendig!« sagte Rumpf.

»Wie wir sagten«, ergänzte Stiel.

»Halt dich fest, mein Junge!« rief der Bürgermeister und ließ eine Leiter in Huh-Buhs Kerker hinab. »Alle warten schon auf dich!« Er und die Schabernack-Bande zogen Jack aus dem Kellerverlies hinauf auf den Dorfplatz.

Als Jack aus dem Loch auftauchte, begrüßte ihn die Menge mit lauten Jubelrufen.

Und ein weiterer Gruß kam aus der Luft. »Ho! Ho! Ho!« rief eine dunkle, fröhliche Stimme von hoch oben »Fröhliche Weihnachten euch allen!«

Die Bewohner von Halloweenland schauten himmelwärts. Und sahen den Weihnachtsmann, der in einem Schlitten voller Geschenke quer über den Mond segelte. Jack winkte ihm zu. Als er zurückwinkte, wehte etwas Weiches, Weißes und Kaltes hernieder. Es war Nikolaus' Weihnachtsgeschenk für Halloweenland: Schnee!

Ein Hauch von Wohlwollen und Glückseligkeit erfüllte die Luft. Letztendlich hielt der Geist der Weihnacht doch noch Einzug in Halloweenland.

Auf einem Hügel hoch über dem Dorfplatz beobachtete Sally die Lumpenpuppe die Feierlichkeiten mit einem sehnsüchtigen Lächeln auf ihrem Gesicht. Der Mond war voll. Der Schnee war wunderschön. Die Welt war zufrieden. Allein Sallys Herz war erfüllt von Wehmut.

Sie seufzte. Würde ihre Einsamkeit je enden? Würde Jack sie jemals lieben, so wie sie ihn?

Sie pflückte eine Blume und zupfte die Blütenblätter eins nach dem anderen ab. »Er liebt mich, er liebt mich nicht«, wisperte sie.

Eine lange, elegante Gestalt bahnte sich ihren Weg über den schneebedeckten Grund, bis sie vor Sally stehenblieb. Sally die Lumpenpuppe schaute hoch; sie wagte kaum zu hoffen.

»Er liebt dich«, sagte Jack Geripper.

EPILOG

Nikolaus vergaß diesen Weihnachtsabend niemals; es war der längste seines Lebens. Doch obwohl der Tag furchterregend und manchmal erschreckend gewesen war, erinnerte er sich liebevoll an Jack Geripper.

Die Wahrheit war, daß Nikolaus diese Nacht genossen hatte. Auf eine merkwürdige Weise, die er selbst nicht ganz verstand, hatten ihm die Schrecken und

Greuel sogar Spaß gemacht. Natürlich beichtete er das keiner anderen lebenden Seele – nicht einmal seiner Frau oder seinen vertrauenswürdigsten Elfen.

Sie schöpften auch keinen Verdacht, als er immer dann, wenn er sich ein bißchen langweilte in seinem frohen und freudebringenden Leben, in seinen Schlitten stieg und für eine Weile untertauchte.

Und wohin zog er sich zurück?

Nach Halloweenland, um Jack einen Besuch abzustatten.

Und dann saßen die beiden wie alte Freunde zusammen und frischten Erinnerungen auf, wie sie sich kennengelernt hatten, und sie rissen ein oder zwei Witze über Jacks Begeisterung, was Weihnachten betraf – und Nikolaus' geheime Liebe zu Halloweenland.

Am Ende eines jeden Besuchs stellte Nikolaus Jack stets die gleiche Frage:

»Jack, mein Junge«, sagte er mit einem Blinzeln in den Augen, »wenn du die Gelegenheit hättest, würdest du alles noch einmal genauso machen? Könntest du es?«

Woraufhin Jack stets mit einem genüßlichen Lächeln erwiderte: »Natürlich würde ich. Du etwa nicht?«

ENDE

Wolfgang Hohlbein

Seit er den »Märchenmond« aufgehen ließ, ist der beliebte Autor ein Garant für Bestseller-Erfolge. Nach zahlreichen Fantasy-Epen wie »Thron der Libelle« und »Druidentor« startet Hohlbein nun eine Romantrilogie für das junge Publikum.

Band 18605

Kevin von Locksley

Eines Tages taucht ein seltsamer junger Mann in den Wäldern um Nottingham auf. Er nennt sich Kevin von Locksley – und er behauptet, der leibhaftige Bruder des legendären Robin Hood zu sein. Niemand glaubt ihm, doch Kevin kann seine Behauptung mit Brief und Siegel belegen – und er weiß etwas, was sonst niemand im Lande weiß: Der große tapfere König Richard soll das Opfer einer großen Verschwörung werden. Robin glaubt seinem Halbbruder schließlich – und überträgt ihm gleich eine höchst gefährliche Mission: Kevin soll zum Retter von Richard Löwenherz werden.

Sie erhalten diese Bände für nur 10 DM bei Ihrem Buchhändler

Band 18606

Der Ritter von Alexandria

Kevin von Locksley reist dem großen König Richard nach, um ihn vor einer Verschwörung zu warnen, doch statt ins Heilige Land verschlägt es ihn nach Alexandria. Dort kommt er einem ungeheuren Geheimnis auf die Spur.

Band 18607

Die Druiden von Stonehenge

Auf den Spuren von Richard Löwenherz ist Kevin nach England zurückgekehrt. Hier begegnet er endlich den Urhebern der großen Verschwörung: keltischen Priestern, die einen magischen Kult beschwören.

BASTEI LÜBBE
JUGENDBUCH